歌集

切支丹ろーど

秋山義仁

歌集　切支丹ろーど＊目次

切支丹ろーど……7
平戸島　8
彼杵の外海　13
五島　19
長崎丸山　27
端島・高島　36
羽幌そして…　42
切支丹ろーど拾遺　45
津軽恋歌相聞歌……49
弘前駅　50
記念日　54

岩木山　58
絶滅危惧種　63
ひと塩魚　68
愛の出奔　74
織火　79
借り布団　84
隠し化粧　89
津軽恋歌相聞歌・Ⅱ……95
四季、今年の津軽　96
一途　113
特急あけぼの　120
遠くに汽笛　127

夜行バス 134

同行二人……141

思いかなえよ 142
島あざみ 146
足摺日誌 150
海道記 154
福知山の一輪車 158
山越えて仙崎へ 162
秋の終りに 166
同行二人 170

あとがき 182

歌集　切支丹ろーど

秋山義仁

切支丹ろーど

平戸島

もみじ葉が真紅にもえて冬が来る雪ふりつもり異界が開く

浜からの坂を上れば平戸城妾《ワレ》は鶯になり故郷回る

捕われて拷問受けて殺されて教えは消える。ならば生き継ぐ

今日の出船は何処へ行くルソンかジャバかマリアの加護でいずことも

琉球ルソンボルネオジャガルタどこも夏なつナツ深くなる夏

妾《ワ》が心神《シュ》と共にあり悔いなきと渡りしにあゝ日本恋しや

日本こいしやこいしジャガルタお春常夏いても寒いよ寒い

かりそめに立ち出でて故郷思う友と遊びしあのお城道

あゝ平戸父に負われし山辺道母と手つなぎし浜辺道

故郷の海海見たいもみじ散ったか桜咲いたかあゝ帰りたい

こころもこころならずから回りマリアにすがり涙にむすぶ

めもくれゆめうつつとも親こいし踏絵ふんでも島かえりたい

かがやくは夕陽のおわり身はおもくあら日本こいしやこいし

欺いて踏絵ふんでもクルスは捨てぬマリアは観音イエスは菩薩

彼杵《ソノギ》の外海《ソトメ》

時流れ転び唄隠れ唄ある彼杵外海はあの大村領よ

切支丹大名だった大村の幕府忖度残酷苛政

こんなにも高い天の下踏絵ふむ枠木に黒く深く足指痕

貧しさがつらなる山波外海には浜なく入江なく鴎も舞わず

人は皆証知生死の世を手繰り苦労ばかりのこの世は何ぞ

生きる為おもては転びうち鋼長い石ならマリア観音

踏絵ならいくつ踏んでも生き残る生きてこそ伝わるイエスの教え

ろうそくが揺れてふるえて燃えはてる誰かいるのか哀れみピエタ

転びには弱者の負い目ある暗き影曳き生くるが転び

栄光の殉教者の影となる転び隠れにも愛のかけらを

芋買えず上の娘《コ》売ったこんな地で餓え苦しむよりは丸山勤め

貧しさと大人への道の険しさと同じ匂いのロザリオ舐める

薄き胸れんげがふたつ吸い含み転がし愛す外海のマリア

身をもだえ誘うお前を守らねばあゝ体が軋む神の前

もえつきた線香花火の芯が落ち闇が深まる彼杵の外海

五島

博多より四島寄港し福江島転び唄隠れ唄流るる

寄港地のどの埠頭にも婆がいて手ぬぐい軍手長靴前垂れ

船が行く貧の背中に秋止まり朝日上りて月未だ白く

掛け干しの稲穂と案山子見る島に未だ隠れ棲むとふ話しあり

あの島は離島の離島家二軒潰すものかと榕《アコウ》がおおう

何もない島の散策曲り角山の裾には教会の跡

雑魚を干す腰の曲った婆二人いつでもどこでも十字切る

そこにあるその島きっと蜃気楼遣唐使とか切支丹とか

朝鮮の木造船以下手漕ぎ船よくぞ戻れた空海最澄

人喰らう飢餓の外海《ソトメ》の一五里沖に耶蘇でも棲めるパライソありと

耶蘇棲むは離島かそのまた離島開拓進み藩はうるおう

仲間《クルワ》に隠れた元帳あり帳方・水方・取次役の三役あり

年一度踏絵踏むこの足痛い神よマリアよ何故にいじめる

おっとうが波にのまれてあの世立ちおっかあ臥せて神よ助けて

貧しさは背で泣く妹軽くする妾《ワ》が身売るしか生きる術なし

主《ヌシ》に嫁《カ》し泣いて笑って母になるこの夢捨てぬいつかは晴れる

柿もみかんも金色だ早《イ》よ早よ黄付け二期作稲穂冬は早いぞ

尾を立てて行く野良猫に今日も問う子猫達未だ存《ナガラ》えているや

今更にクリスチャンには戻れないマリア観音何故捨てられる

島暮らし愛別離苦の習いあり帰命無量マリア観音

六〇年続いた戦《イクサ》キノコ雲湧き出て終り戦後始まる

先生は六人倍の生徒が二人減り廃校に校庭に砂塵舞う

井持浦ルルドの聖水《ミズ》をびんにつめ長崎祈念像の前にまく

長崎丸山

主《ヌシ》と妾男《ワレ》と女恋はする待って忍んで主に抱かれて

妾《ワ》が運命長崎売られ春ひさぐ嫌と言うたら弟妹飢える

悔い残す島の女の夕波止場いつまで続く宵待草は

隠れでも器量良しならいい値段高く売られて丸山花街

雨が降る冬の夕暮客来ない御腹空いても飯食べれない

米まんま食べるたんびに思い出す主《ヌシ》と食べた幼の赤まんま

体売り身は汚れても主《ヌシ》一人心にきざみ生を長らう

神無月涙にぬれて頬寒し妾《ワレ》は売れっこ主《ヌシ》手が出せぬ

あゝ恋し妾《ワレ》の乳房に主《ヌシ》貼りつけて何時でも何処でも愛されたい

帰り来るポルトガル船のねずみさえ自由に動き海渡りしに

丸山は生霊踊る影絵町もう会えぬなら妾《ワレ》を殺して

妾《ワレ》殺し唇・乳房主《ヌシ》食べよ残りは五島魚の餌に

主《ヌシ》待つと決めたる思い深ければ背戸の乾草落ちても目覚む

胸はだけ男を誘う曼殊沙華花冠しおれた茎折れ女郎

天地獄人間地獄愛地獄赤い花唄異界のマリア

悪い日は昨日お別かれ今日からは空晴れ上り主《ヌシ》来る予感

今日も又変らぬ夕陽丸山の坂道花街つづら折り

見なれたる景色はあれど人知らず日本語分からぬ日本人

陽が近い稲佐山から五島《シマ》を見る何も見えないただオラショ

風の音ひそかに流れ紅葉散る散れば踏まれて錆土にかえる

住民《ヒト》去りし僻《ヒナ》の教会赤トンボ猪鹿遊び自然のままに

天主堂白い粉を吹く赤レンガ教誡師の声吸いこみ出さじ

潜伏者胸張り参る天福寺本堂にマリア観音立てる寺

長崎の生気あふれた重工業かすみがかかり今暮れなずむ

端島・高島

陽が高い軍艦島に影見えずあるは漆黒こわれ窓枠

友生きたこの島廃墟崩れ落つコンクリートと鉄が何故だか白い

窓を越え手摺を伝い上へ上へと上りつめた君は猿

工学部の君でも無理だ止めれない島の崩壊それは摂理だ

専用の焼場島持つ端島では楽しく生きるそれこそ大事

横たわる軍艦島は閉塞船時代を走り時代に沈む

座礁せし軍艦島が良く見える高島は二万人が今九百人

坑道の路を塞いて蜘蛛人《ビト》が金をまといて僕をとらえる

坑道の闇に誘われ山の中廃家ありて人語聞こえる

タブと言う根元ふくらむ妊婦の木生んで育てて残せ高島

さるすべり黒実カサカサ風に鳴り日向ぼっこの老婆は欠伸

カンゾウのあふれる黄色高島の野山あふれてでも夜枯れる

気紛れに与えて奪うくり返すこの海いつでもコバルトブルー

風変わる冬日が近いそんな日はオラショオラショと家族で祈る

高島の家族の故郷後にして行って行って行って北海道

羽幌そして…

日本の子石炭なんぞ知らんげな見たこと触ったこともなかとばい

端島《ハシマ》出て行くは北国夕張か羽幌の炭鉱《ヤマ》よ穴掘るだけよ

日本では石炭ダメよ生きられんおかしかよくやしかよドイツ行く

きれいです廃墟の美あるがまま施設・学校・アパート朽ちる

皆知らぬドイツに行った鉱夫達穴掘は何処へ行っても穴を掘る

マリア様新教旧教みんなヤソどこに住んでも神は見守る

あゝ恋し恋しや日本東洋の二月のこぶし四月のさくら

切支丹ろーど拾遺

猫招く商家曲れば伽藍坂上りつめれば白いザビエル

平戸藩妻はくのいち犬なれど主《ヌシ》に惚れきり異国に船出

切支丹死ねず堕胎《オロ》せず稚児《アヤコ》負いひたすら拓く段々畑

黒島は離島の離島人棲まぬ死者の故郷白い教会

浜の烏賊風に揺れ舞い二《フタ》回り落ちて猫寄り一家存《ナガラ》う

納戸神開けて現る泥人形乳飲み子に乳ふくませる母

丸山のカムロが町に蝉とらえ羽根をむしりてムシャリと食べた

雨にぬれポツンとカカシ坂道に女郎悲しみ傘たてかけた

逃げてきた妾を抱きしめ高島へ煤をまとった炭鉱《ヤマ》の夫婦

デモの先頭《サキ》で突っこんだ僕眼鏡とびなぐられけられ怖くて逃げた

炭労だ総評だ総労仂だそしてみぃんないなくなったのだ

津軽恋歌相聞歌

弘前駅

降りし駅昼の弘前今日嫁ぐと文くれし女の生れ住む町

夫《ツレ》亡くし子無く名を戻し一人住む北の弘前ただ生きている

熱視線巡ればそこに君が居た昔のままにリンゴの頬で

駆け寄ってお帰りなさいと言ったらただ今と手をあげるあなた

戻ろうか僕等の生きたあの時へＡＣＢや銀パリ二人で一人

さようなら昨日の私夢みたいあなた待つ街角見える行きます

終りなき愛を抱きて待つことを津軽の冬は辛いと君は言う

居るんです明奈や萌美初恋に全てを燃やし燃えて果てる女

愛したい抱きしめ愛す雪の夜は何も見えない何も聞こえない
愛の降る星なき夜は窓開けて足音待つのあなたは悪魔

記念日

冬のページ閉じれば白の世界が見ゆ日常の非日常合わされて

風情ある風除室や雪囲い一人では無理あなたは遠い

冬に咲く真紅なバラがあるのなら萏みも刺も君が御許に

忘れんと見合し嫁で朝文を書くあなたお別れもう会えぬ

朝羽振り夕羽振る女揺らぐ藻に明日を任せて流れて流れ

共稼ぎリンゴもやって食べて寝てまぐわって或る日夫は事故死

岩木山背に積りし雪融けて芽出し花出しその春待たん

喪が明けて書きし思いは戻り文再三再四捨てられず置く

再会の今日が記念日君が蒔く清らの色香漂い流る

後悔はもうしたくない従いていく捨てられたらあなた殺して死ぬ

岩木山

四捨五入の人生重ね今あれど昔探しにここに居る

我が恋は未完なりせば今会いて狂わんばかりにあなた奪わん

岩木山雪尾根沿いに湧きいずる愛の泡で君天国へ

あなたに鳥がすむ私を置いて飛んで行く従いていきます

香り立つ君が体を横たえて又も逢いたし何日か何処かで

お願よ行って来るよと抱きしめてそしたら、嫌よ、嫌としがみつく

きっと来る鴫の番が帰るよに遅い四月の津軽の春に

づかづかと心踏み入る悪い男手《ヒト》枷足枷未練の言葉

雪が融け津軽峠に草芽吹くひとりしずかが可憐に咲いて

ひとり嫌その横にふたりしずかが何日でも何処でも二人がいい

弘前に夜満ち来れば雪積り電車止まりてもう帰京《カエ》れない

雪騒ぎ足止めされし旅人に部屋を温め布団敷く幸《サチ》

絶滅危倶種

ガラス越し視線外さぬ君が居た涙がつたう萌色山手線

ドァ閉まり右手振るあなたが消えて十余年まるで昨日のことね

幸を絵に描いて妻と子と犬がいて会社人間なりに出世して

つれ一人親四人看取り子供なしだから私は絶滅危惧種

弘前に弘前の雪積りまどろめば愛の囚人君が身許に

犬好きのあなたは分る空箱の愛にうえてる仔犬が私

仔犬がね僕を引っ張り崖の上手折れぬ花などありはせぬ

犬になる散歩に行って食事して夜も一緒よ良い子にしてる

同じ時同じ色見てた君年へだて清らな静寂二人をつつむ

母さん覚えてる？ 好きな男《ヒト》居るって言ったの私の許に今

独りごち「おはよう」「いただきます」「行って来ます」「ただいま」「愛してる」

言いたいなぁ「行ってらっしゃい」「愛してる」「お帰りなさい」「愛してる」

僕探す昔の君が今の君こわがらないでとびこんできて

愛持ちて心昂ぶりとびおりた怖いものはない生きてて良かった

ひと塩魚

猛猛しい君が津軽の単世界空割れて銀地割れて銀

雪原の一本ブナがあなたです枯葉にくるまれ眠る私

旅人は訪ねし土地は忘れない君が香りの弘前又行かん

あなた行く旅の終りに私居ていざよう波に共に流れん

やさしさが愛しき日々に重ねられ十二単衣で飾ってみたい

ひと塩の魚おいしい弘前でそんな女で待ち続けんと

愛人の住める津軽の雪増せば雪吊り伸ばし強く守らん

雪吊りやこも掛けなんて 男《オトコ》 事女守るは男の仕事

腰を抱き口付けをしたあの時の記憶が戻る夜の弘前

「あなただけ」ふるえて言ったあの夜から私は私になりました

息白く紅き唇食べつくす震える君は息止め目を閉じた

唇をふさがないで未だ言い足りないない好きよ好き好きもっと好き

さまよいし心の居場所見つかりてもうこれでいい共に居ずとも

怖いですあなたの居ないこの家に一人で住んでいるなんて

君が香は弘前リンゴ蜜入り芯丸ごとにむさぼり食べん
津軽では雪の上には雪虫が雪の下には私生きます

愛の出奔

美しいそこにある雪降り積り君は一人で白世界

雪、雪、雪、白い世界青い人青い心。奥に小さく熾火

愛してるだから愛人。離れいて時間を経てもときめいて好き

狡い男。でもそれでいい寄辺なき路ともす熾火が消えないあなた

巡りあい吹雪の中で身をすくむ僕のほころび愛の出奔

あなた生みあなた育てし我が愛をどうかお願いもう捨てないで

この道は停車禁止の一方通行いけるまで一緒に行こう

身寄りない私の願い死んだらね骨を拾って側に置いてね

後なれば看取ってあげる骨砕き骨を食べ我が骨とする

つかの間の愛の床《シトネ》の浅い夢醒めたら現《ウツツ》に行かねばならぬ

人波に流され時間が速まわり時代遅れの似合いの二人

灯がともるあの家この家幸あふれ私は一人灯りはないの

織　火

誉めよ称えよ君が愛荒涼《アラス》の大地生き延びて今蘇る

生きていてあなたへの愛が実るなら血を吸ってでも私は生きる

赤子泣き自らの生の始まり祝うよに君に会いて我も泣く

今だけの愛の日和《ヒヨリ》に惑わされ服脱ぎすてた裸の私

埋む雪熾火囲みてまどろむこんな日来るとは夢の浮橋

夫亡《ツレ》くしナースになったの生と死が挨拶言葉の世界にいるの

昨日今日切れることなく手繰《タグ》る夢君と一緒に坩堝《ルツボ》に抱かれ

しつこくあなたの人生従いていくお腹空いたら私を食べて

折りおりに会える時の間あればこそ白い悪魔も和みになりて

尖んがった青鉛筆で腕を突く夢か現か血が惨み落つ

折鶴が羽根を伸ばして岩木山心残るか三度旋回

お守りに毛を少し髪の毛、眉も、松毛、脇毛、あそこ、胸に下げます

借り布団

布団雪飛びこみ飛びだし奥羽線明日は降り止め遠くへ行かん

人知れず殺し隠した愛目覚め私を突き壊す止まらない

旅の空一夜限りの借り布団君が香りにつつまれ眠れず

神だまし悪魔の息吹背に受けてあなたを寝取る今滅びたい

君を抱き生きてる証見つけおり戻らぬ時を今いとおしむ

悔恨と絶望の果て見合婚心かくして細き道行く

過去たちに別れを告げる挙手の礼おいでおいでと君はいざなう

長いこと忘れてた体のほてり私生きている絶対の恋

真夜中の窓辺の裸身ピアス付け雪積る街見てる君

子供はねとても好きでも要らないあなた奪うのは子でも嫌い

雪空の続きの果ての天に星惑うことなく君は居て呼ぶ

昇天絶頂の時に殺して愛につつまれそのまま逝くの

君逝けばいずくに居ても我も死ぬ二人埋ずぬ穴ここに掘る

十月十日の愛の臨月悪魔生み邪魔者みんな消し去るの

隠し化粧

女狐が赤い舌出しメロメロと純な男の心なめつくす

神様はとても残酷石女《ウマヅメ》にお乳くれないあなた飲めない

その視線熱くからんで僕つつむ何処に居ても誰だか分る

さりげなく見てる後姿なのにクルリと回り「何か見える？」って

柿リンゴみんな絞って雪が来た愛を背負って君は小羊

あなたから貰った愛は身にまとう私の愛は隠し化粧

石けんの洗い立ての君写る窓開け放し凍らせ持ち行かん

ひたすらに思いしあなた時として遠くを眺め心を外に置く

好きすぎて自分が誰か分らない快楽よろこび明日が怖い

時たまに会える愛人でいい一緒だときっとあなたを食べ尽す

弘前に泊まりし旅人いずくにか別れの言葉言えずに立ち去りぬ

あなた様私の生に特別の責任負ってね愛人だから

凍える夜は鶴女抱く羽を交して貫き通し愛を残して溶く

初めての旅に出ます行先はあなたあなた委せの風に乗り

津軽恋歌相聞歌・Ⅱ

四季、今年の津軽

津軽では冬は岩木山《ヤマ》から春は岩木川《カワ》から夏はねぷたに秋は手踊り

古家に薬缶軽がり暮しあり婆様顔出し上らんかねと

五年内につぶれる家の軒下の薪や山鉈父ちゃんの汗

この家は用がないので置いていく五年も経てば自然の一部

凍え冬あかぎれ霜やけ見せあって雪原駆けたあの時遠い

奥羽線五能線津軽線そして雪竜飛小泊金木弘前

雪の中津軽金木の赤い第宅《イエ》静脈血みたいな純い朱

私いま必死になって雪になるあなた閉じ込めまた抱かれたい

初春の良き年むかえ初詣であなたの元へ急ぎ行きます

雪解《トゲ》が山野を浸し集まりてふるさと川瀬にまた春が来る

流れ落つ雪解《トゲ》沢はあるがまま水を拾って集う十三湖

春なかば根雪がゆるみ動けます私封じた悪殺します

早い春菜の花レンゲタンポポを風を味方に君へ届ける

春なのね愛がこぼれて生命咲くいつも隣で感じていたい

屈伸の尺取虫が枝の中今年の春は本当に早い

鮒泳ぎ鶯啼いてすみれ咲くとうとう春だ冬は去ったよ

このセーターあなたがくれた伊勢丹の好きで好きで未だ着てる勝敗服

白い花僕のいい女《ヒト》いとし女《ヒト》大地に根を張る宿根草

こもれ日が何とか届く山間《ヤマアイ》の律儀さ故に咲く一輪草

香り立つ君がはなびら露出させ皆に見せたい我が愛し女《ヒト》

なごみ家のまどみまどらん二人なら津軽の大地請けて許さん

許されていつも津軽の二人ならどこへ行けども別離《ワカレ》はならじ

目がさめてあなたの枕抱きしめる三月経ちうすれる匂やるせなく

降りつもる時をはねつけ蛹見る全て脱ぎすてまとう夏色

サルビアの赤いじゅうたんきれいすぎ踏まずに行くよ君棲む里へ

陽炎の向うに左手振る君が駆けても駆けても夏のまぼろし

つかの間の時を分けあい嬉しくて今が私の全盛期

暑い夏爽竹桃や百日紅やさしくもない赤い花が咲く

終点の枯木平は風の中リンゴ育たず熊笹なびく

ほうづきを鳴らして夏の終りねとポッンと言ってあなた盗み見

秋の色移ろいすぎてつかめないあなたはどこに私はここよ

腕に蚊がこの血でいくつ生き延びる叩かずも闇迫る秋の中

石仏があくびひだまり頭振る廃校ありて子供を見ない

笑顔無垢手踊り少女生命断つ子供残酷大人の鏡

捨て犬があんなに泣いて可哀そう見て見ぬふりのあなた冷たい

岩木山湧きたつ色にときめいて項見ればいつしか雪に

寒いです屋根つき小屋でお地蔵が赤いえりまき手をつつむ

ふるさとに別離を告げて雁渡る野仏膝にどんぐり遊ぶ

等外の一山いくらのリンゴでもリンゴはリンゴみな同じ

かまきりが未だ生きてるとぶぅたれて枯草地蔵の蜘蛛の巣破る

腰曲る津軽峠の婆様の終の住処がどこか知らない

緑ない骨噛み街道風はしり着ぶくれ人が下向き歩く

日に五便山巡るバスのあの座席もう居ないとか風の便りです

鳥の子ねんねねんねと親鳥《オヤ》は言う白い大地に餌がない

顔隠すリンゴ売りの貴婦人が心に灯を着け全てをもやす

夢が心の雪の盆火遊び道祖神左義長の根太焼け残る

青くさい後悔なんか汗みたいいつしかかわき残るほろ苦さ

寄り添うは愛の証と疑わずいつでもどこでも手離さない

君の実家《イエ》とてもいい表情《カオ》柱・梁・箪笥に囲炉裏みな納まって

おそらくは僕の居場所は君の中抗《アラ》がっても望む僕が居る

一途

一途なる君が姿に西陽落ちその影延びて僕にまつわる

とてもいや私を捨てたろくでなし憎み切れずに未だ恋してる

髪変えて少年になった君が落としたイヤリング僕は捨てない

何時までも翼たためず降りられず未だ飛び続ける青い鳥の夢

苦しがる君の痛みを見ないふり守るべき女《ヒト》も守れない弱い僕

どうしてもあなた色に染まり遂げたい傷ついた血の色でいい

僕見つめ流るに委せたその涙見たくないからそっと抱きしめ

寂しさが私抱きしめささやくの横にいないとまた逃げられる

我を通す君は津軽の雪女僕をとらえて外に出さない

波みたい足元さらいそして去り二度と帰らず途方に暮れる

泣き顔を両手ではさみ髪にキス華奢な君は未だ泣き止まぬ

思い出はあなたと一緒海ほどに愛し愛され明朝はいらない

横たわる無口なマヌカンもういない一年すぎて君は変った

戻らない時間の中に過去は捨てただひたすらにあなただけ見る

夢を見た少し不安な君の顔何も言わずに見つめたままだ

夢みたい夢の終にあなた居て側においでと強く抱きしむ

朝が来て寝起きの顔に化粧して津軽女は凛ときれいに

私達生活感がないのよね怖いくらいにただ愛だけね

特急あけぼの

夜七時あけぼのに乗り七時帰宅着替えて出社リストラ会議

怖いですあなたいないの狂いますす普段の私もう居ないから

君夜勤急性内科辛いから側に居て寝かせてあげるよ

眠れない買物行って服買うのあなたの匂い全て残すの

置いとくよ服も心も弘前に僕の女に会えて良かった

私達万有引力で結びつき夫婦みたいに別れはしない

雪が降るこの弘前に満ち満つる君が香りにまた足止まる

雪の精もったいぶらず出ておいで私の乳房で溶かしてあげる

時移り何事もなく手を取りて共に楽しむその日来るらん

巣立ち時我は巣立たず共に居る何時か分らぬ死ぬ時までは

再会は遅い四月の桜時鶴にひかれてお堀の水辺

待てぬから私行きます東京へ嫁に行くそんな気持ちで浮き浮きと

膝かかえ夕陽見つめる君が居た声かけれない弱虫がいた

真っ直ぐのあなたの視線熱かった動けずに真っ赤の私居た

落日に胸のふくらみ影作るやさしさそのもの僕を包みこむ

都人果てなく遠い好きな人私を置いてまた旅に出る

辛いから時間を並べ数え直しもらった愛数え並び直してる

帰宅《カエ》るのね愛の破片《カケラ》ばらまいて駅への道はためいき色ね

遠くに汽笛

時巡りいろんな事が溶けあって何時でも何処でも浮かぶ君

あなたの手とても冷たいこの頬で温めたげる手を重ね逃がさない

雪の花根雪に溶けたら雪の実つけて雪止んだ遠くに汽笛

冷たくてふくらみもない枝の先どうしてどうして花をつけるの？

君と僕ひとりひとりひとり辿りつく岸辺はいつも二人の世界

愛してるそれが私の自信なの愛されているそれはエネルギー

海見える同じ色した空見える君の心は真っ赤なルージュ

思い出はやり直せないからきらい戻らず去ったあなたもきらい

燥ぐ君の信頼第一それが全てだ何も要らない

時がすぎあなたのやさしさ身にしみるほらさりげなく指をからませ

人並の家庭作れず迷いありこのまま行けば君苦しめる

かなえたいあなたとの暮し側に居て行ってらっしゃいお帰りなさい

好きなんて僕の間違い妻子いて幸せなんか運べるもんか

妻の座は欲しくないのよ愛だけよ永遠は私だけって天に誓って

雪の音さまざまに鳴る津軽の日君さえ居ればみんな音楽

朝来ても化石の女夜来ても化石の女さよなら私

露地裏でひっそりつぼみいつか花君待つ津軽必らず戻る

嫌よ嫌昼来て夕に帰るなんてきれいになるから明朝まで待って

目覚めると君は一人で雨宿り急がねば急がねば消えないで

夜行バス

我が思い身動きとれぬ冬の蛇君が躯を温め解《ト》かん

残り香はいつも朝です遠ざかる影のあなたは私のたずね人

服を脱ぐ君の姿まぶしくて目を閉じ目を開けすかし見したい

私だけ話してごめん沈黙の幸せに未だ慣れず不安なの

無添加の女が一人目の前に笑うと少女泣くとただ女

愛されて女になったその朝の鼾のあなた私の手枕

「バスに乗った明朝会って」とわがままな君が来るから駅へと急ぐ

嬉しくていつも恋して切なくて少しはやせてきれいになった

君の色探しに行こう伊勢丹へガラスに写る薄きラベンダー

身寄りなき浮舟みたいな私ゆえ終の住処はあなたと共に

凄い歌西野カナさんの「トリセツ」君には似合うでもしなかった

沈黙のユキユキユキほ津軽野の多感を生命力《チカラ》に導く私

聖歌曲《カンタータ》の流れる街に君が居る許されぬ愛に迷う僕が居る

決めましたあなたの側に居ることを無限地獄を生きぬくことを

陽光をルーペで集め心焼く海の香《カ》山の香《カ》交じりて匂う

同行二人

思いかなえよ

西の海茜のきざはし溶けていく言の葉の音の調べ消えていく

明石なら単身赴任人麿が妻を偲びて抱く遊女

娘《コ》に会えぬ明石の君に里心老いを養う子午線あたり

四っ角も信号もない島暮しみんなが家族みんな筒抜け

社《ヤシロ》での巡回映画は星の中鳴門秘帖に喚声あげた

廃校で運動会はもう見ない敬老席の年寄いない

忘れない裸の島の乙羽さん青春すごした池袋人世座

黒潮が真紅全円飲み込んで闇が滲み出す足摺岬

広島の子の喜び赤ヘルと平和の大地思いかなえよ

故郷の親との同居選んだ君よ親より早く死んではいけない

島あざみ

連結器ジャバラの幌が好きなのに赤穂過ぎれば単行電車

良く見たら若作りの爺様が青い空見てる連絡船

人生の下り坂なら楽しんで老いに入りて未知との遭遇

この島の石切る音は大閤の大判小判昔の語り

海沿いのバスの終点映画村セットの中程女先生

絶滅種名画座スター秀子信子我等が青春場末の青春

名画座のおにぎりの中に海あった鮭タラ子昆布を海苔で巻く

空家見る一ぬけ二ぬけ三ぬけてあんたがたどこさかくれんぼーょ

汐がひき砂地あらわれ幸つかむ僕も渡るかエンジェルロード

島あざみ一目しのんで誘い咲く触れたら痛い痛いけど触る

足摺日誌

木こする生活道路にバス走り子供老人揺られ一時間

崖を巻く海辺山辺のこの道が今日からの統合学校通学路

日に一つ今日整形明日内科朝出て薬買物昼餉

部落あげ迎える児童十二人バスから下りて破顔ただいま

爺婆に幼子母さん犬に猫背で出むかえ始まる祭り

岬にも経済バブル宿二軒札所の前で廃墟となりて

足摺の沖の夕風衣打ち我が立つ寺に長く影伸ばす

足摺の太陽降る降る日は暮れぬ未だ未だ遠い達磨太陽《ダルマサン》です

ダルマさん沈みし後の足摺の漆黒見事母の胎内

鯨吹き婆や子がいるゆるみとゆるぎ残したいこの生態系

海道記

何故島か海より高い山だから日の出日の入りきれいがすごい

快晴のしまなみ海道こぎだして直ぐに見えるはあの加計学園

和み風吹くしまなみの七つ橋波がくねって脱皮していく

凪の日のしまなみなんて涅槃仏ふるさと描いた平山郁夫

行きずりの道が一筋放浪記芙美子探しに千光寺上る

かげろうを杖に坂上る風はブランコ足はブラブラ

おしなべて小さき家は崩れおり引揚疎開貧者皆去れり

空き家には人なつかしさただよってひさしのつるバラ賞でもらうを待つ

ラベンダー二輪胸に挿し三つ編の少女は時をかけ海渡る

手をふって黄昏から夜に行く霧をかきよせ熱く口付け

福知山の一輪車

すたすたと歩む心とつまずく身そう言う事か後期高齢者

連翹万作辛夷梅桜自然は次々老いを追いつめる

歳月に触まれて消えぬ皺老いの景法師茜をひさぐ

無意識に歩巾小さく動き鈍若さまぶしく光秀焦る

古希近い光秀思う次は吾林に佐久間ならば本能寺

麦穂《ムギ》光り紅花覆う時が今はや六七際光秀動く

燃え上る伽藍堂屋難破船夜が悶絶歴史が爆ぜる

転がりし蝉をつつけどもう鳴かぬ寿命尽きたら滅びが定め

働きに疲れた人の安らぎの眠りを誘う郊外電車

福知山通学路羽根広げ一輪車に乗る子等は風

山越えて仙崎へ

何もない出雲奥吉備金《カナ》くそがごろり転がり栄華を偲ぶ

赤勝て白勝てみんな勝て無人駅《エキ》前小学校《ガッコウ》終りの運動会みんな出た

じきに秋虫の鳴く声はしゃぐ音学校閉じればただただ自然

過疎と言う豊かな自然歩む風何事もなく季節流れる

軒下り壁は汚れど人は棲む婆様腰曲げ駅に花活く

私がね思い出す時生き返るミシン踏む女学生銅版レリーフ

この家は閉門蟄居かたすき掛け鄙びた里の阿部一族

幾曲り川は川とし日は暮れて空行く鳥にアデュウバイバイ

コンビニ出来て小店が消えて閉店だらけの長門を歩く

訪ねたよみすゞのお家おとぎ浜鰯が遊ぶ青い仙崎

秋の終りに

ありがとう野辺に咲く花吾亦紅父母兄姉みな吾亦紅

母の後姉が作りし吊し柿もう届かない故郷切れた

秋遅き色なき世界に柿映える取る人おらず時々カラス

骸骨の姿に似たる木守柿カラスついばみ残る皮と芯

夢はぐれ朽ちた社《ヤシロ》に散らばる日本の心と積もった歴史

いつの間にクモの巣張られ遠回り銀杏色付きふりしきる朝

さ迷って歩き疲れた旧市街連子格子の荒家《イエ》築地土塀の柿

果てもなく孫生続く河川敷時おりに白鷺動きアクセント

枯れを待つ孫生たんぼ実なしの穂今年はずい分寒かった

つぼみからぼたんにまつばちりぎくへ秋の終りに線香花火

同行二人

山に入り棚田山越えて棚田国生み淡路変らず棚田

弘法が遍路誘いて渦の道生き恥吸って吐き出す札所

とき四月花咲き葉開き体笑むいつまでも今が続けばと

数多ある札所は遠い今の僕眉山に登り日の入りを見る

隙間からお経が見えるなわのれん檀家坊様いつもの此岸

日常の暮しをまとう遍路の通う札所の近くに赤いべべ地蔵

老いぼけた犬と猫置き弘法の尻追いかける終活夫婦

老夫婦紐でつないで道行の次の春にはめでたく老健施設《シセツ》

この夫婦空ははろぱろ身はうつつ共に白髪で室戸を回る

合言葉同行二人いつまでもお前は私わたしはお前

一番の古い友達もういない一人で死んで共同墓地に

彼の絵は首なし輪舞《ロンド》と赤い月生地満州ついに語らず

外国の白い老女が祈り下ぐ少し風邪気味二四番札所

感じとる遠いあいさつ行きずりの遍路手をふる山道に残花

春なのに熱き日続き花一瞬茂り増す葉の色緑こく

夫《ツマ》追いの雉《キギス》走りてまた戻る若葉そよぎて風遠く吹く

夫々に生活ありし親類の家にとまらずただ遍路宿

出来たけど高さ足りない津浪避難《ヒナン》センター水もトイレもパーキング不足

黒潮が出会う日本の足摺りの萌える緑と旧き里人

京の公家一条下りの中村の四万十川に満天の星映ゆ

四万十の朝の川辺の通学路髪をなびかせ二列縦隊

朝のみの二両電車は学生の匂いたちこめ五駅で空に

白さぎが中州に一羽寂しくないか旅に出ようよ同行二人

日降れば一木《ヒトキ》一山《ヒトヤマ》葉が萌える昨日の枯野忘れてしまう

日常のおかしさを生きる婆様のいた校庭に風強く吹く

長い牙一角獣の佐田岬夕日伊予灘朝日宇和海

午後三時三崎の太陽すくう子等僕を見つけてあこうの木へさそう

タンポポが僕を探しにとんで来た昨日引きつれたそがれ茜

消し去った時間が戻り通りゃんせ一春花燃えて春葉伸ばす

道後の湯千と千尋の神隠し深くもぐって手足パタバタ

あとがき

私の第一歌集、『旅の伝説』を飯塚書店より上梓したのは平成二九年四月です。短歌結社、ナイル短歌工房の月刊ナイルに平成二四年秋より平成二八年秋にかけて四年間で投稿したものでした。

今回の第二歌集、内容的には平成二六年から三〇年にかけて日本短歌協会の歌人年鑑の自主作品に応募したものとナイル合同歌集に応募したものです。長さの制約がなかったので自由に書けました。構成は「切支丹ろーど」「津軽恋歌相聞歌」「同行二人」の三部作です。

「切支丹ろーど」は長崎西岸四回目の旅の作品です。博多港から十二時間かけて五島列島の福江島へ船便。このルートは今、人気女優川口春奈さんの学生時代の帰省ルートです。福江から長崎、長崎から高島軍艦島へ船。長崎からＪＲとバスで平戸島へ。平戸の松浦資料博物館にある踏絵などの責具やジャガタラお春の望郷文は心打たれます。帰路は平戸島から佐世保乗継、博多へのバス便ですが、このバスの中で浮かんで来たのがこの「切支丹ろーど」です。こんなこともあるのですね。

「津軽恋歌相聞歌」は空想世界の妄想歌です。私は花鳥風月とかただごと歌、心うち歌などが苦手です。或る日TVから「木綿のハンカチーフ」が流れてきました。この唄は当時めずらしい男女かけ合い歌です。太田裕美さんが昔のままの顔で唄っていました。これなら書けるかなとゲーム的感覚で始めました。場所はリンゴと雪と城のある私の好きな街、弘前です。

「同行二人」は瀬戸内・四国の旅行記録です。お遍路した訳ではありませんが宿は遍路宿です。足摺での朝食は巨大おにぎり二つと沢庵二切れ。皆さんおにぎり一つ残し昼食に回すようでした。私は伊方原発の上で食べました。海は二つ、瀬戸内海と豊後水道が見えます。

短歌を始めて八年過ぎました。旅を始めて八年経ちました。残りがいかほどかは分かりませんが、私なりの短歌は続けたいと思っております。

そして、このような発表の場を作っていただいたナイル短歌工房の主宰であり日本短歌協会理事長の甲村秀雄先生に感謝しております。そして放し飼いにしてくれている妻に感謝。

最後になりましたが、この本を開き読んでいただいた皆様、本当にありがとうございます。

令和二年十二月

秋山 義仁

秋山義仁（あきやま・よしひと）

昭和一八年　熊本市生まれ。
　二歳から十八歳まで福岡県八女市
昭和四一年　早稲田大学第一政経学部政治学科卒
　繊維の片倉工業㈱入社
昭和四四年　エレクトロニクス専門商社の伯東㈱
　入社
平成二四年　代表取締役を経て相談役退任（六月）
平成二四年　ナイル短歌工房入会（九月）
平成二九年　第一歌集『旅の伝説』
現在、ナイル短歌工房同人、日本短歌協会会員、
千葉県歌人クラブ会員、公益財団法人高山国際
教育財団入寮選考委員
〒二七〇‐一一六二　千葉県我孫子市久寺家七五四‐五一

歌集『切支丹ろーど』

令和三年一月五日　初版第一刷発行
著　者　秋山　義仁
発行者　飯塚　行男
発行所　株式会社 飯塚書店
　http://izbooks.co.jp
　〒一一二‐〇〇〇二
　東京都文京区小石川五‐一六‐四
　☎ 〇三（三八一五）三八〇五
　FAX 〇三（三八一五）三八一〇
印刷・製本　日本ハイコム株式会社

ISBN978-4-7522-8136-8